옆에 있어 줘서
고마워

※ 이 책은 충청북도, 충북문화재단 후원으로 발간되었습니다.

옆에 있어 줘서 고마워

김경구 시 | 김미희 그림

처음 펴낸날 2017년 10월 31일 | 2쇄 찍은날 2018년 10월 3일 | 2쇄 펴낸날 2018년 10월 10일

펴낸이 정세민 | 펴낸곳 (주)크레용하우스 | 출판등록 제5-80호

주소 서울 광진구 천호대로 709-9 | 전화 (02)3436-1711 | 팩스 (02)3436-1410

홈페이지 www.crayonhouse.co.kr | 이메일 crayon@crayonhouse.co.kr

ISBN 978-89-5547-552-4 43810

이 도서의 국립중앙도서관 출판예정도서목록(CIP)은 서지정보유통지원시스템 홈페이지(http://seoji.nl.go.kr)와
국가자료공동목록시스템(http://www.nl.go.kr/kolisnet)에서 이용하실 수 있습니다.(CIP제어번호: CIP2017027790)

옆에 있어 줘서
고마워

김경구 시 | 김미희 그림

크레용하우스

훗날 그리워지고 기억하고 싶은 순간들

가을이 깊어 가고 있어요. 저는 가을을 좋아해요. 특히 늦가을에서 초겨울의 쌀쌀한 밤바람을요.

혹시 여러분은 쌀쌀하지만 그 쌀쌀함을 더 느끼고 싶은 마음 아세요? 또 속상하고 아플 때 이 감정의 바닥까지 가서 어떤 느낌인지 확인하고 싶었던 경험이 있나요?

이번 청소년 시집을 준비하면서 오래전 제가 학생일 때 이야기가 많이 생각났어요. 그리고 우리 친구들 일상도 들여다보면서 많은 느낌이 쌓였어요. 아프면서도 행복하고 더러는 행복하면서도 아팠지요.

누구나 참 좋은 시절이 있을 거예요. 청소년 시절도 그 참 좋은 시절에 들어가겠지요. 어쩌면 '그 참 좋다'라는 말 속에는 많은 힘듦이 숨어 있어 더 값진 것 같아요. 그래서 훗날 그리워지고 기억하고 싶은 순간들이 되는 게 아닐까 싶어요.

　저에게는 지금 이 순간이 참 좋은 시절이란 생각이 들어요. 시를 통해 연둣빛 우리 친구들을 쿵, 설렘으로 만나니까요.

　52편의 시로 히히히 웃음이 나고, 더러는 가슴이 찡하고 또 마음이 편안해지고, 따뜻한 시간이 되었으면 해요.

　저에게도 오래 기억될 따뜻함을 주신 크레용하우스 출판사와 가족들, 반짝반짝 마음을 준 '좋은 인상' 청소년 친구들 그리고 마음과 힘 팍 주신 전병호 선생님과 김호성 선생님 모두모두 고마워요.

　마지막으로 새로움을 주신 하나님께 감사드려요.

'사과나무 이야기길' 벽화 동네에 사는

김 경 구

차례

하나, 오래오래 좋은 향기

둘, 우린 모두 네모반듯

셋, 나를 바라보는 눈

넷, 내 이름은 김행운

하나, 오래오래 좋은 향기

밤마다 네 생각이

복도에서 너와
세게 딱 부딪친 후

이틀째 난
네 생각으로 잠을 못 이루고 있어
가슴이 얼마나 아픈지
가끔 숨을 제대로 쉴 수가 없어
약 먹어도 소용없대
시간이 흐르면 다 난대

얼마만큼의 시간이 지나야
그날의 그 순간을 잊을 수 있을까?

정말 마음 같아선
날 책임지라고 하고 싶어
하지만 어쩌겠니
하필 네가 우리 반에서 몸무게 제일 많이 나가는
힘 좀 쓰는 남자 현욱이잖니

추신: 엄마가 담 걸렸다고 파스를 사다 주셨어
　　　앞으로 앞 똑똑히 보고 다니래
　　　현욱아, 반가워서 그런 건 아는데
　　　네 큰 머리 내 가슴에 박지 마

사랑 증세

공부할 때는 잠이 쏟아지는데
자꾸 두 눈이 말똥말똥

머리 안 감고
꼭 먹던 아침밥
뽀글뽀글 샴푸에 린스까지
머리카락 빠질 만큼 비비고

혼자 피식피식 웃다
중얼중얼거리고

글짓기 실력 꽝이지만
줄줄줄
편지 쓰고
어떨 땐 시도 쓰고

혹시
장래 희망이 작가로 바뀌는 거 아닌지 몰라

고임

살구 생각만 해도 입 안에 침이 조금씩 조금씩 고이듯
네 생각만 하면 가슴에 기쁨이 조금씩 조금씩 고여

독한 너의 향기

꽃향기
과일 향기
어쩌면 술 향기보다 진할 거 같은
너의 향기에
나 취했나 봐

멍하니 앉아
히죽히죽 웃다가

네가 연락이 없으면
가끔은
휘청휘청 중심 잡기 힘들어

이유

다 완성된 그림도
액자에 넣으면 훨씬 더 아름답게 보이지
그냥 부르는 노래도
반주에 맞춰 부르면 훨씬 더 아름답게 들리지
혼자 있는 너도
내가 옆에 있으면 훨씬 더 아름답게 보이지 않을까?

이젠 나도

네 가슴이라는 하늘에
가장 먼저 뜨고
가장 늦게 지는
별 하나로 남고 싶어

과연 첫사랑은 이루어질까?

라일락 잎사귀 팔랑거리는 오후였어요
짝꿍이 라일락 잎사귀 한 뭉치 가져와
침 튀기며 얘기하네요
"야, 이거 깨물어서 구멍 나면 첫사랑이 이루어진대."
뻥인 듯 싶었지만 꼭 그렇지만은 않은 느낌
갑자기 가슴앓이하게 한 예지가 생각났어요
망설일 틈 없이 라일락 잎사귀 한 뭉치 입에 넣고
있는 힘을 다해 어금니로 꽉 깨물었어요
세상에나! 뻥 구멍이 났어요

첫사랑, 이루어졌냐고요?
아마도 라일락 잎사귀에 더 큰 구멍을 내야 할 듯 싶어요

추신: 혹시 이 시를 읽는 사람은 한 번 해 보세요, 진짜로

좀 그래도

누군가 좋아졌는데
마음 전할 수 없을 때

풋살구 한 알
꽉 깨물어 먹는 거야

풋자두 한 알
꽉 깨물어 먹는 거야

한쪽 눈
찡긋!

거봐,
자연스럽게 잘 전달되었지?

행복한 고민

네 생각만으로도
네 얼굴 한 번 보는 것만으로도
이렇게 가슴 벅차오르는데

네 손을 잡는다면
그리고 네가 뽀뽀라도 해 준다면
나 뽀글뽀글 거품 물고
기절하는 거 아닐까?

그거 아니? 1

네가 이별의 폭탄을
꽝!
던지고

쿵!
떨어진 내 마음

지우고 잊기를 반복
또 반복

그래도 도저히 떨어지지 않는 것
내 가슴속 끈끈이에
착 붙은
네 그리움들

그거 아니? 2

우리 만남 100일 기념으로
서점에 들러
서로 선물한 시집 한 권

서점을 나와 공원 앞을 걸으면서
은행나무에서
포르르 떨어진 노랑나비 같은 은행잎 주워
시집 사이에 끼웠지

네가 내 곁을 떠난 후
시집을 펼쳐 보면
노랑나비 한 마리 팔랑팔랑
온통 노랗게 부서져 내리는 현기증 날 듯한
그리움들

그거 아니? 3

머리카락 자를 때
아프지 않고
손톱 자를 때도
아프지 않은데
새끼손톱에 뜬 초승달만큼
네 그리움 자를 생각만 해도
온몸이 찌릿,
숨도 제대로 못 쉬겠어

그거 아니? 4

너와 헤어지고
삭제해도 가슴에 남아 있는 전화번호
전화벨은 안 울리지만
늘 가슴을 울려

아픈 상처

긁힌 상처를 가진 노란 모과는
시간이 갈수록 향이 짙다

약속

내 모습
어느 한 곳 잘생긴 곳은 없지만
누구보다 네 곁에서
오래오래 좋은 향기로
남아 있을 수는 있어

파란 하늘
저 노란 모과처럼

둘, 우린 모두 네모반듯

꿈의 날개

겨드랑이가 간질간질
한여름 닦아도 닦아도
거무스름 닦여지지 않는 때

빡빡 때수건으로
벌겋게 문질러도 지워지지 않는 때

거울 가까이 가 보니
살짝 나온 겨드랑이 털

아,
꿈의 날개
곧
펼쳐질 신호였구나

이른 호기심

봄이 오기도 전
따스한 햇살 한 줌 내려앉은 곳
살짝 고개 내밀고
두리번두리번
노란 개나리꽃 두 송이

세 밤 지나고
온종일 내린 눈

호기심 많은 아이들
추위쯤이야, 눈쯤이야
그래도 봄이 오면
다시 노랗게 번지는 개나리꽃처럼

몇 번의 호기심 끝에
꿈꽃도 활짝 필 수 있는 거라고요

아침밥은 못 먹어도

유리창에 와 닿은 아침 햇살

"밥 먹고 빨리 학교 가."

머리부터 감는다
남학생의 짧은 머리도
여학생의 긴 머리도
감는 시간은 기~~~~~~일다

"빨리 밥 먹고 학교 가."

남학생은 거울에 고정
여학생도 거울에 빨려 들어갈 거 같다

"빨리 밥 먹고 학교 안 가!"
엄마의 '빨리'는 늘 꼬리처럼 말 속에 붙어 있다

남학생은 교복을 입고 거울 앞에서 요리조리
여학생은 교복을 입고 톡톡톡 표시 안 나게 화장을 시작

"야, 학교 안 갈 거야!"
드디어 '빨리'가 끊어졌다

식탁에 하얀 밥꽃이 피었는데
눈길 한 번 안 주고
남학생과 여학생은 거울에게만 눈길을 주다 후다닥!

밥은 못 먹어도 멋을 먹고 사는 남학생과 여학생
아침 거울 앞에선
늘 헛배가 부르다

힘 센 첫눈

3교시 하늘하늘 내리는 첫눈
선생님도 유리창에 붙고
우리들도 유리창에 붙고
자석처럼 철컥! 철컥! 철컥!
순식간에 모두를 잡아당겼다

벽화 마을에 천사 날개가 있는 이유?

벽화 마을에 가면
꼭 있는 게 있지?
바로 하얀 천사 날개야
공부에 지친 우리들
눈을 감고 벽에 기대면
팔랑팔랑 날개를 펴고
숙제 없는 세상으로
학원 없는 세상으로
훨~
훨~
끝없이 날아가지

우산이 딱 하나만 필요하다

수업 끝나고
갑자기 비 오는 날
우산 한 개로 망설일 때

우산 하나에 둘이 쓰고
조금 가다
우산 하나에 셋이 쓰고
조금 더 가다
우산 하나에 넷까지 쓰고

우산 하나에서 나오는
　끽
　　끽
　　　끽
　　　　끽
　　　　　끽
　　　　끽
　　　끽
　　끽
　　끽
　　끽

갑자기 비 오는 날이면
넷이서 한 조
특별 게임에 임하는 것 같다

한 달 내내 우리 넷은
일기 예보 안 보기
빗줄기같이 이어질
낄낄낄 때문이지 뭐

우산이 필요 없다

남학생만 가득한 우리 학교
교생 실습 오신
긴 생머리가 예쁜 미술 선생님

갑자기 비 오던 날
본관 건물 교무실에서
별관 건물 우리 교실로 오실 때
우리들이 준비한 우산

칠월 칠석 견우직녀 만날 때
까마귀처럼
우리가 만든 우산

줄
　줄
　　줄
　　　줄
　　　　줄
　　　　　줄
　　　　　　줄
　　　줄
비 오는 날이면
자동으로 모이는 우산

한 달 내내 우리는
일기 예보 보기
아예 장마철이었음
얼마나 좋을까?

다행

학생이 화장하면 벌점 받는 우리 학교
하지만 단 한 번 봐주는
졸업 사진 찍는 날

드르륵!
문 열고 교실로 들어온 선생님의 첫마디
"누구세요?"
다른 교실에 들어온 줄 알았단다

그래도 다행이다
졸업식 후 얼굴
미리 봤으니

길에서 만나
"선생님, 안녕하세요?"
인사하면
"누구세요?"
그럴 일 없을 테니까

마지막 부탁

더 이상 밀지 마세요
이렇게 외로움의 끝에 서 있는 나
더 밀면 낭떠러지인걸요

한 번만 제 손을 잡아 주시겠어요
아, 시간이 조금 된다면
한 번만 딱 한 번만 안아 주시겠어요
아주 잠깐이면 돼요
아무 말 안 해 줘도 돼요
그저 따듯한 눈빛 하나면
그것으로 충분해요

이렇게 말이라도 하니
조금은
숨

쉴

거
같네요

이눔아!

모두들 집으로 돌아간 공원
담벼락 밑에 쪼그리고 앉아
담배를 피우다
우연히 퇴임하신
작년 담임 선생님과 마주쳤다

혼날 각오하고 고개를 숙였다
"이눔아!"
한 마디 하시고는
날 꽉 안아 주시는 선생님

엄마가 집 나가고
아빠도 알콜 중독으로 입원해
오래전 잊은 아빠의 냄새

이눔아, 한 마디에
그동안 참았던 눈물
다 쏟았다

배곯지 말고
먹고 싶은 거 사 먹으라며
내 손에 쥐어 주고 가신 돈

가끔 마음 흔들려 힘들 때마다
선생님이 쥐어 준 돈 꺼내어
두 손으로 감싸면
"이눔아!"
맴도는 선생님 목소리

또 듣고 싶은
따듯한 목소리

변하지 않는 유행

우리 반 교실
옆으로 튀어나온 가지 싹둑!
위로 너무 뻗어도 싹둑!
호기심 많아 밑으로 살짝 고개 내밀어도 싹둑!

싹둑 싹둑 싹둑 싹둑 싹둑

2학년 1반부터 9반까지 싹둑!
똑같이 네모반듯해졌어

다른 학교에서도
하루 종일 들려오는 소리 싹둑!

전국에서 들리는
싹둑!
싹둑!

바뀌지 않은 유행
우린 모두 네모반듯해졌어

같은 모양
같은 크기
차곡차곡

귀 찾아봐
네모 속에 갇혀 있는
세상 밖으로 못 나온
갇혀 버린 우리들의 목소리

노래방

신나는 거 줄줄줄 예약은 기본

속도는 무조건 빠르게

높은음은 번갈아 가면서

계속 서서 춤추고

머리 흔들고

가끔 서비스로 주는 새우깡
그럼 더 신나는 노래방
먹지 않고 바닥에 뿌리고
뽀삭뽀삭 뽀사삭
발로 비비며 몸을 흔들면
가루가 되는 새우깡

뭉쳐진 우리들만의 스트레스
새우깡 가루처럼 부서져
먼지가 되어 날아간다

시원하다
살 만하다

셋, 나를 바라보는 눈

착각

어른들은 우리 보고 하얀 도화지래요
무엇이든 그릴 수 있는 하얀 도화지 참 좋아요
가끔 스케치하다 틀리면 지울 수도 있고
두 번 세 번 반복해서 그릴 수도 있는데
다들 한 번에 뚝딱, 완성된 그림을 보고 싶나 봐요
조금 서툴러 잘못 그린 그림을 지우면
"야, 그것도 못해?"
"지금껏 도대체 뭘 배운 거야."
큰 바위 하나
내 가슴에 쿵 들어앉은 충격
하얀 도화지 시작도 하기 전에
시퍼렇게 멍들었어요

있으나 마나

방학은 부족한 공부하는 거래
개학은 열심히 공부하는 거래
그럼 언제 쉬는 거지?

네 맘 다 알아

우리 집 현관
딸랑딸랑
줄 끝에 매달린 모빌 물고기

피시방 가고 싶지만
찌릿찌릿
엄마의 눈빛 줄 끝에 묶여
시험 공부하는 나

피시방으로 후다닥
달려가고 싶은 나처럼
지느러미 파닥이며
넌 푸른 바다로
가고 싶은 거지?

하품이 달고 온 칭찬

5교시 국어 시간
선생님이 시를 낭송한다

자꾸 졸음이 슬슬
애써 참다가 나오려는 하품
고개 살짝 숙이고
"하~암."
순간 눈에 고이는 눈물

"느낌 있는 사람은 달라.
 눈물을 매달고 말이야."

내 눈과 마주친 선생님

슬픈 시라 다행이다

이름이 필요 없는 세상

일요일 오후
친구를 데리고 집에 들어오다
엄마랑 딱 마주쳤다
엄마 외출 약속이 취소되었단다

하라는 공부는 안 하고
쏘다닌다며 엄마의 표정이 점점 어두워지고
잔소리 소나기 쏟아지기 일보 직전

"엄마, 애 우리 반 1등이야."

이름보다 먼저 말해야 하는 성적

갑자기 먹구름 걷히고
점점 쏟아지는 밝은 햇살

민석아, 미안해
거꾸로 1등이라고 솔직히 말하지 않아서

시험 결과 나오는 날

학교 왜 갔니?
뭐 되려고 그러니?
이러려면 학원 다니지 마

매번 반복되는 엄마의 말
계속 고개만 숙이고
말 못 하는 나

앞으로 잘해
알았어?
"네."
알았냐고?
"네."
다음 시험 땐 잘해
알았어?
"네."

네, 네, 네
대답은 잘하네

야자 시간

조용한데 들려오는
아주 높고 맑은 소리
꼬르륵~ 꼬르륵~

그래도 조용한데
아주 높고 맑은 소리
뽀옹~ 뽀옹~

참다 참다
터진 한 명의 웃음으로

킥킥 큭큭 히히
순식간에
웃음 도미노 촤르르
시작된다

눈치 보기

쉬는 시간 청소년 시집
책가방에서 꺼내 펼치는 거
참 좋은데

서점에 들러
청소년 소설 뒤적이다
가슴에 안고 올 때
참 설레는데

나를 바라보는 눈들
교과서를 더 펼쳐야 하나
문제집을 더 풀어야 하나

내 마음으로 들어오는 글자들도
눈치가 보이는지
들어오다 멈칫멈칫거린다

다이어트

야자하고 집에 오면

꼬르륵꼬르륵
방울토마토 먹고 먹고
꼬르륵꼬르륵
뻥튀기 먹고 먹고
꼬르륵꼬르륵
오이도 먹고 먹고

꼬르륵꼬르륵
꼬르륵꼬르륵
치킨 전단지 보고 보고
피자 전단지 보고 보고
살짝 눈을 감고
먹는 상상을 해

타이밍이 중요해

다음 주 월요일은 기말고사
공부 안 하고 딴짓하다
책상 모서리에 부딪힌 코

그때 마침 방에 들어온 엄마
"어머나! 코피 좀 봐. 시험공부하기 힘들지?"

조금 있다 바삭바삭 치킨이 오고
다음 날 피자도 오고
탕수육도 오고
코피 날 만하다

모처럼 마음먹었는데

커피 마시면
잠 안 온다는 엄마

시험 기간 잠 쫓으려고
대접에 한약처럼 쭉 단숨에 마신 커피

속 아파 죽는 줄 알았다
가슴은 벌렁벌렁
눈알은 뱅글뱅글

진짜 잠은 안 왔지만
시험은 다 망쳤다

쏙 빼고

오늘 낮에 담임 선생님과 통화한 엄마
담임 선생님 말로는
내가 백일장에서 장원도 받고
글짓기 대회에서 상도 많이 받아
글 쓰는 데 소질이 있다고 얘기했다네요

하지만 엄마는
긴 내 칭찬 얘기는 없고
전화 끊을 때 성적 얘기에
담임 선생님의 "글쎄요…… 조금만 더 하면 될 겁니다."란
딱 한 마디만 온통 부풀려 얘기하네요

칭찬 얘기는 아주 쏙 빼고요

넷, 내 이름은 김행운

나뭇잎 한 장

회사 다닐 때
아빠의 지갑 속
작은 잎사귀만 한 명함 한 장
보이지 않지만 촘촘한 잎맥이 팽팽
푸른 힘 물씬 날 거 같았어

몇 달 전
회사에서 잘린 아빠
슬쩍 건들기라도 하면
바스락거리며 부서질
늦가을 길 잃은
나뭇잎 한 장 같아

늦은 밤
술 냄새 달고 주무시는 아빠
등 뒤로 가만가만 다가가
살짝 내 등을 기댔어

참 따듯했어

양파 엄마

찬바람 부는 날
에취! 몸이 으슬으슬

접시에 양파 두 개 담아
머리맡에 놓아 주신 엄마
그럼 감기 안 걸린단다

며칠 지나
쏙 올라온 초록색 싹
점점 키가 자란 초록색 싹
대신 양파는 물컹물컹
홀쭉하다

교통사고로 돌아가신 아빠 대신
딸 셋 키우는 우리 엄마
양파 엄마된 지 오래다

바뀔 뻔한 이름

우리 엄마 아빠 참 힘들 때가 있었대요
은행에서 돈을 빌려 쓰는 것도
더는 할 수 없을 정도였대요

아기 낳으면
분유값도 기저귀값도 없어 어떡하나?
걱정이 되었을 정도래요

오죽했으면 아이 이름을
남자면 김대출
여자면 김이자
하면 딱이라고 넌두리할 정도였으니까요

그런데 그때 오빠와 내가 태어났대요
다행히 오빠 이름은 김행복
내 이름은 김행운

네 명이 되어 힘들었지만
엄마 아빠 열심히 일해 빚도 다 갚았대요

근데 어떻게 알았을까요
우리가 행복과 행운을 줄 거라는 사실을요

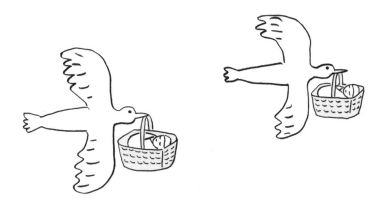

비싼 옷?

엄마 졸라
올겨울 유행에 맞춰 산
새 외투

작년에 샀던 외투는
촌스러워져 안 입었는데

외출했다 돌아오신
아빠가 입고 계신다

아빠는 톡톡 먼지를 털고
옷걸이에 건다

며칠 후 외출할 때마다
입고 나가는 내 작년 외투

아빠 외출복 중에
제일 비싼 거라며
또 입고 나간다

거래

"엄마, 꼭 입고 싶은 옷이 있는데요."
"얼만데?"
"십삼만 원이요."

돈이 없다며
십만 원만 주겠다는 엄마

짠순이 우리 엄마
깎을 것 미리 알고
삼만 원 더 붙여 부른 건데

아, 나도 장사꾼 다 됐다

참 예쁜 꽃병

공사 현장에서
새벽부터 저녁 늦게까지
일하시는 아빠

오늘은 엄마 제삿날
모처럼 양복 입고

소주 몇 모금 드시네요

빈 소주병 물로 싹싹 헹궈
엄마가 좋아하던
개망초 꽂았어요

엄마처럼 예쁘네요
하늘나라에서 엄마도
한참
눈맞춤하겠지요

형이 남긴 상처

조립식 작은 우리 집
하얀 벽 한쪽
형 주먹한테 맞아
뻥 뚫린 구멍 하나

형 주먹만 한 크기의
사춘기 상처

아빠가 하얀 종이
동그랗게 오려 붙였다

내 짝꿍

"콩!"
머리라도 때려 줄 아빠가 있었으면

"으이구, 내가 못 살아."
맨드라미처럼 붉은 얼굴로
눈 흘기는 엄마라도 있었으면 좋겠단다

피부가 살짝 검은 내 짝꿍
베트남에서 시집온 엄마
집 나가고
아빠는 엄마 찾아 나가고
고추밭 풀 뽑는
호미처럼 허리 굽은 할머니랑 산다

내 짝꿍 엄마 아빠 보고 싶어
호미처럼 등 구부리고
마을 회관 뒤에서 우는 걸 보고 말았다

거짓말하고 싶은 날

하늘하늘 비단결
우리 할머니 마음
하나님이 아시고
손 꼭 잡고
미리 데려가시려나

내 손 꼭 잡고 "오빠" 부르는
할머니의 손
뼈만 남아 앙상하다

이럴 때는
내가 할머니 오빠가 되고 싶다
치매 앓는
우리 할머니
지우개로 말끔히 지워 버린 옛이야기
이미 하늘나라 가신
오빠만큼은 지울 수가 없나 봐

집들이 선물

새벽 4시에 일어나
정보지 돌리고
잠깐 집에 와 우리 밥 차려 주고
또 정보지 돌리러 가고

식당에서 점심시간 일하고
집에 와서 나 저녁 차려 주고
식당 가서 일하고
8시 30분에 들어오는 엄마

3년 꼬박 쉬지 않고 일해
반지하에서 1층 전셋집으로 이사 갔어요

방 두 개
작은 마당

이틀 후
마당에 활짝 핀 접시꽃

하양 접시
분홍 접시
빨강 접시

집들이 선물 한 아름 주네요

버려진 화분

난 주인에게 버림받은 작은 화분
시들시들 풀 죽은 내 모습
고양이도 휙— 발로 차고
강아지도 바로 옆에 똥을 누고
누구 하나 날 거들떠보지 않아요

배도 고프고
지난밤은 얼마나 무서운지
숨도 제대로 못 쉬고
눈물만 뚝뚝뚝

"아이고, 불쌍한 거. 목숨이 붙어 있는 거 같은디."
꽃무늬 바지 입은 허리 굽은 할머니
나를 집으로 데려가
물도 주고
햇볕도 쬐어 주고
바람도 쐬어 주고

홀쭉했던 배가 볼록
움츠렸던 어깨도 쑥쑥
퐁퐁 힘이 솟았죠

"옴마! 야 좀 봐. 이제 살 만혀?
 꽃봉오리가 올라오네."

할머니가 내 몸을 쓰다듬을수록
내 가슴이 점점 뜨거워졌어요

눈 내리는 날

까만 타이어로 감싼 몸 끌며
달팽이처럼 길을 낸다

면봉 팔고
동전 딸랑
수세미 팔고
동전 딸랑딸랑

빈 바구니에
아주 가끔씩 동전 떨어지는 소리

빈 바구니에 벚꽃 잎처럼 떨어져
소복소복 밥공기처럼 쌓이는 눈
풀빵 파는 할머니
어묵 국물 "후−후" 불어
몇 모금 먹여 주고
풀빵 하나 넣어 준다

'뻥' 하고

아빠 중학교 다닐 때부터
할아버지는 뻥튀기 장사를 했대요
아주 큰 자전거에
뻥튀기를 가득 달고요
지금은 낡은 자전거로 장사를 하지요

수박씨 같은 땀방울 쏙쏙 나와도
찬바람 자라목을 만들어도
우리 할아버지 자전거 페달을 밟으며
오르막길도 먼 시골도 가지요

할아버지를 볼 때마다
쌀 한 숟가락 넣고
'뻥' 소리 나면
얼굴만해지는 뻥튀기처럼

할아버지 장사도 뻥뻥 잘되고
웃음도 뻥 터지고
작아지는 할아버지도 몸도 뻥
예전처럼 커졌으면 좋겠어요